Shkruar nga Daiga Za'

Ilustrimet nga Elena Stojanova

PORTOKALLE PËR TË GJITHË

Amsterdam • Budapest • New York

Ky është një botim i projektit "Këndi i Lexuesit" i
Shoqatës Ndërkombëtare Hap pas Hapi
International Step By Step Association
Keizersgracht 62-64
1015 CS Amsterdam
Hollandë
www.issa.nl

INTERNATIONAL
STEP by STEP
ASSOCIATION

ISBN 978-1-60195-026-0

PRINTED IN U.S.A.

Shoqata Ndërkombëtare Hap pas Hapi (ISSA) promovon kujdesin dhe edukimin cilësor për çdo fëmijë, të bazuar në vlerat e demokracisë, qëndrimin me fëmijën në qendër, përfshirjen aktive të prindërve dhe komunitetit dhe përkushtim ndaj ndryshueshmërise dhe përfshirjes. ISSA avancon në misionin e saj duke informuar, edukuar dhe mbështetur individë që influencojnë jetët e fëmijëve. ISSA advokon për politika efektive, zhvillon standarde, avancon studime dhe praktika të bazuara në fakte, krijon mundësi për zhvillim profesional dhe forcon aleancat globale. Për më shumë informacion shikoni faqen tonë të internetit: www.issa.nl.

Një ditë mami solli në shtëpi një qese me portokalle nga dyqani.

"Unë vdes për portokalle!" tha Xhimi.

Ai e mori qesen në dhomë dhe filloi të numëronte.

"Një, dy, tre, katër, pesë portokalle! Unë do t'i ha këto portokalle të gjitha vetë."

U përplas dera e hyrjes.

Babi ishte kthyer nga puna. Ai dukej shumë i lodhur.

"Ndoshta një portokalle me lëng do ta gëzojë,"
mendoi Xhimi.

"Unë prapë do kem plot portokalle për vete."

Xhimi i dha babit portokallen më të vogël.
"Ja," i tha. "Kjo është për ty."
Babi dukej i kënaqur që e mori.

Pastaj Xhimi shkoi prapë në dhomën e tij
dhe numëroi portokallet, "Një, dy, tre, katër
portokalle vetëm për mua."
"Xhimi!" thirri mami. "Renis, Xhoni dhe Devi
kanë ardhur për të luajtur. Do të doja të kisha diçka
për t'i qerasur."

Xhimi u mundua t'i fshihte portokallet pas
kurrizit, por duart e tij kishin ide të tjera!
Ato ia nxorrën portokallet Renisit, Xhonit
dhe Devit.

Të gjithë morën portokallen më të madhe që shihnin.
"Faleminderit!" thanë ata të gjithë.

Xhimi e fshehu çantën me portokalle nën shtrat.
Por pikërisht atëherë, mami psherëtiu, "Kam shumë
etje."
Xhimi e dinte çfarë mund të duhej.
"Ja," i tha, "kjo është për ty."
Ai i dha mamit një portokall.

Ndërkohë që të gjithë po qëronin portokallet,
Xhimi u kthye në dhomë.
Ai nxorri qesen e portokalleve.
Ishte bosh!
"ASNJË PORTOKALL PËR MUA!" bërtiti ai.

Mami dhe babi dhe Renisi dhe Xhoni dhe Devi
vrapuan tek dhoma e Xhimit.
Xhimi mbante qese bosh.
"NUK KAM ASNJË PORTOKALL PËR TË NGRËNË,"
u ngashërye ai.

"Ja," tha babi, "Merr një pjesë nga portokalli im."
Ai e ndau portokallen e tij dhe i dha Xhimit një
pjesë.

"Ti mund të marrësh ca nga e imja," u tregua
i gatshëm Renisi.

"Dhe nga e imja," tha Xhoni.

"Edhe nga e imja," tha Devi.

Mami e ndau portokallen e vet me Xhimin.

Tani duart e Xhimit ishin mbushur me copa portokalli të mbushura me lëng.
"Ka boll portokalle për të gjithë!" tha Xhimi.

Të gjithë u ulën përreth tavolinës duke ngrënë
portokalle së bashku.
Ishte një ditë e bukur.

8409842R00019

Made in the USA
San Bernardino, CA
07 February 2014